La lettre d'Élisabeth

EMMANUELLE COSSO MERAD

La lettre d'Élisabeth

ILLUSTRATIONS DE PAULINE DUHAMEL

Castor Poche

À mon fils, Kalil.

87, quai Panhard-et-Levassor – 75647 Paris Cedex 13
ISBN : 978-2-0812-8759-4

Chapitre 1

Loin de tout, au milieu de nulle part

Il était une fois José.

José était un brave homme qui vivait dans une petite ville, pas très loin de Paris, pas très loin de Marseille, pas très loin de Strasbourg, pas très loin de Bordeaux. Loin de tout en fait.

Il vivait seul au milieu de cette petite ville, posée dans une plaine, voisine d'une campagne, traversée d'une rivière, à quelques encablures de la mer, non loin d'un désert, surplombée d'une montagne. Nulle part donc.

Dans cette petite ville loin de tout au milieu de nulle part, José était facteur. Il travaillait dans le quartier bleu et habitait le quartier orange. Quand on est facteur, on ne travaille jamais dans le quartier où l'on habite. C'est une question de discrétion élémentaire. José aimait beaucoup le quartier orange, il y faisait un peu moins beau que dans le quartier jaune d'or mais, le soir, la lumière y était extraordinaire.

Dans le quartier rose de cette petite ville, il y avait une petite fille.

Chapitre 2

Une petite fille dans une petite ville

— Élisabeth ! Quand tu auras fini tes bêtises, tu viendras aider ton frère !

— Mais Papa, ce sont mes devoirs...

— Ton devoir, c'est d'aider à la maison. Un point, c'est tout.

Dans le quartier rose de la petite ville loin de tout au milieu de nulle part, cette petite fille avait les idées noires.

Tous les soirs, c'était la même rengaine :

« Élisabeth ! Lâche ce bouquin, on a besoin de toi ici ! »

« Élisabeth ! Laisse donc ton cartable tranquille, c'est pas lui qui fera avancer le travail ! »

« Élisabeth ! Encore à lire ! C'est pas comme ça qu'on se rend utile, ma petite ! »

Et presque tous les soirs, Élisabeth, en soupirant, refermait son livre et allait aider aux tâches de la maison et de la boutique.

Presque tous les soirs, mais pas ce soir-là. Ce soir-là, les idées noires s'attardaient dans le quartier rose. Alors, Élisabeth referma son livre, mit dans son sac à dos un stylo bleu, des crayons de couleur, un cahier aux pages blanches et sortit de la maison à pas de loup pour rejoindre sa cachette.

Sa cachette était un arbre creux dans la campagne voisine. Il fallait à Élisabeth une dizaine de minutes à cloche-pied pour le rejoindre.

L'arbre creux était aussi un arbre sec, car il avait été frappé par la foudre sur un côté. Depuis cet accident qui aurait pu lui coûter la vie, il avait une tendance au vague à l'âme, comme en témoignait la forme doucement dentelée de ses feuilles.

C'est ce vague à l'âme qui avait plu à Élisabeth. Ainsi que le trou creusé par la foudre dans le tronc. Un trou juste à sa taille.

Quand il vit arriver la petite fille, l'arbre fut heureux. Elle lui avait manqué. Comme toujours dès qu'Élisabeth était là, il s'attendrit, et c'est donc très confortablement qu'elle s'installa à l'intérieur de son tronc. Pour écrire une lettre.

Ce travail lui prit deux heures qu'elle ne vit pas passer. Plus question de cloche-pied sur le chemin du retour, elle courut pour arriver à l'heure au repas du soir. Pendant que son père, aidé par son frère, faisait la vaisselle, elle subtilisa une grande enveloppe dans le courrier du jour qu'elle réutilisa à son usage. Elle barra le nom de son père, son adresse, et réécrivit par-dessus un autre nom.

Le résultat n'était pas facile à lire, qu'importe, le lendemain, sur le chemin de l'école, la petite fille jeta l'enveloppe dans une boîte aux lettres qui passait par là, sans que son frère la voie.

Chapitre 3

La conversation de José

Dans le quartier bleu où il distribuait le courrier, tout le monde aimait José. Si on aimait beaucoup José, c'est qu'il possédait quelque chose de précieux. Ce quelque chose, c'était de la conversation.

Tous les matins, il enfourchait son vélo et n'oubliait jamais sa sacoche, son goûter, son sourire et sa conversation.

Il en choisissait toujours les mots avec soin. Un peu comme on choisit des vêtements dans une penderie. Par exemple, si la personne en face de lui était pressée, il employait des expressions qui évoquaient toutes la rapidité. *Vite fait sur le gaz, en coup de vent, bref, zou, c'est la course, rapido presto, en un coup de cuillère à pot !*

Si la personne était triste ou même simplement maussade, il choisissait alors des mots réconfortants comme *oui, câlin, cher ami, cheminée* ou *clarinette* qui n'a rien à voir mais qui tinte agréablement à l'oreille.

Il avait tellement de conversation que tout le monde y trouvait son compte.

Il parlait fleurs avec la fleuriste...

— Magnifiques, vos magnolias, Georgina !

Coiffure avec le coiffeur...

— Épatant, votre chignon, Siméon !

Finances avec le banquier...

— Inédit, ce taux de crédit, Henri !

Mercerie avec la mercière...

— Impressionnant, ce bouton, madame Dumont !

Chez Fleurette
OUVERT

Et avec le dermatologue, son mari…

— Impressionnant, ce bouton, monsieur Dumont !

Étoiles avec l'astrophysicienne…

— Quelle jolie galaxie, Aurélie !

Et mode avec Marie, une modiste modeste mais ingénieuse, qui s'ennuyait dans la vie. Comme elle s'ennuyait la plupart de son temps, Marie s'occupait à inventer des tas de trucs. C'est elle qui avait imaginé le costume trois pièces aux trois chocolats, le bonnet en céramique, les gants en chewing-gum et aussi le pyjama à la grenadine.

Quand José rentrait chez lui, il aimait enfin garder le silence. Il le gardait tout contre lui car c'était un silence doux et moelleux comme un oreiller. Il y posait sa tête et repensait à tout ce qu'il avait fait et appris dans sa journée.

Puis, il choisissait une lecture et il faisait alors à nouveau le plein de conversation. José lisait tout tout tout tout tout ce qui lui tombait sous la main : des livres, des magazines, des paquets de céréales, le journal, les blagues dans les emballages de bonbon, des notices de médicament et même des lettres.

Oh ! Pas des lettres qu'un autre facteur lui aurait déposées, non, José ne recevait pas de lettres ; qui penserait à écrire à son facteur ? Non, c'étaient des lettres qui étaient perdues à jamais ; des lettres qu'il allait chercher dans la Grande Poubelle Bleue.

Chapitre 4

La Grande Poubelle Bleue

À la poste du petit village loin de tout au milieu de nulle part, cette Grande Poubelle Bleue était un objet connu de tous. À première vue, elle avait l'air d'une grande poubelle bleue toute bête. Mais si l'on s'y attardait, on se rendait compte qu'elle était bien plus que cela.

Elle était comme un *no man's land*, c'est-à-dire un endroit oublié du monde entier. Elle était comme un petit pays mystérieux aux frontières de plastique hermétique. Elle était comme une mer foncée et profonde qui ne rendait jamais ce qu'elle engloutissait. Elle était comme un océan qui s'appellerait l'Oubli.

On y jetait les lettres dont on ne savait que faire. Des lettres qu'il était impossible de glisser dans une boîte aux lettres. Soit parce que l'adresse sur l'enveloppe était incomplète, ou illisible, soit parce qu'on avait oublié de l'écrire, par étourderie.

Pour José, il était inconcevable que des mots, qui avaient été écrits pour être lus, finissent dans l'Oubli. Cela le rendait triste. José n'avait pas une grande affection pour la tristesse. Alors, il avait pris l'habitude de lire les missives qui atterrissaient dans la Grande Poubelle Bleue.

C'est vrai que José n'avait pas d'affection pour la tristesse. Il s'arrangeait toujours pour être heureux. D'ailleurs il s'était organisé pour ça. Sa vie était réglée comme une horloge. Pas de place pour les surprises.

Les journées de José étaient donc agréables mais elles étaient identiques.

C'est un peu dommage une vie dans laquelle il n'y a pas de place pour les surprises. Heureusement, il arrive que les meilleures des horloges se dérèglent... Et c'est ainsi qu'un jour, un petit caillou vint enrayer le mécanisme soigneusement entretenu de l'horloge qui rythmait les journées de José.

Ce petit caillou, c'était une lettre. Une lettre particulière.

Et elle se trouvait dans la Grande Poubelle Bleue.

Chapitre 5

Une lettre pour personne

C'était une lettre pour personne. Le nom sur l'enveloppe était indéchiffrable et l'adresse toute raturée. José l'avait repêchée dans l'Oubli, l'autre nom de la Grande Poubelle Bleue.

La lettre était assez épaisse. José la garda pour le mercredi soir. Le mercredi soir était le soir où il était mélancolique.

C'était comme ça avec José, chaque jour avait son humeur.

Le lundi était gai, le mardi tout doux, le mercredi mélancolique, le jeudi enthousiaste, le vendredi entreprenant, le samedi gourmand, et dimanche était le jour des colères que José gardait pour la fin de la semaine.

Le mercredi soir donc, quand il eut fini d'être mélancolique, José s'assit, comme d'habitude, dans ses coussins, près de son feu de cheminée.

Il ouvrit la lettre, sans empressement particulier. Il n'en attendait rien. À part le plaisir simple de découvrir ce qui trottait dans la tête d'un autre être humain.

Il déplia le papier... et eut la surprise de voir que cette longue lettre était écrite par un enfant. Un jeune enfant qui s'appelait... (Il alla voir la signature.) Élisabeth 2 ! Tout autour du texte, la petite fille avait dessiné des soleils, des arbres, des étoiles, des maisons, des cœurs et, bizarrement, des chaussures.

Si, sur l'enveloppe, le nom était illisible, la lettre, elle, était au contraire extrêmement bien manuscrite, d'une écriture si énergique qu'elle faisait entendre la voix de son auteur ! Une voix de petite fille, pleine de caractère...

La lettre commençait ainsi :

Cher Père Noël,

Alors là, José fut bien étonné ! On était au mois de mai... Personne n'écrivait au Père Noël à cette époque. C'était curieux tout de même.

Une petite fille qui s'appelait Élisabeth 2 et qui écrivait au Père Noël au mois de mai... voilà qui était intrigant. La moustache de José commença à frétiller...

Ah oui ! Parce qu'il y a quelque chose d'autre à savoir au sujet de José... c'est qu'il avait une moustache qui frétillait quand il était ému. Comme deux petits poissons qui manqueraient soudain d'air à la commissure de ses lèvres.

Chapitre 6

La lettre d'Élisabeth

Cher Père Noël,

Bonjour, toi. Je sais que tu vas m'amener un cadeau comme chaque année. Et que ça sera pas celui que je veux parce que tu es vieux m'a dit mon papa, et que les vieux, ça confond. Alors, s'il te plaît, cette fois, je t'en supplie, ne m'amène rien.

Encore que je serais pas contre un skate parce que tu vois je suis plutôt balèze sur une planche, et ça ferait pas de mal à ma cote de popularité. Mais bon, on verra ça plus tard. Y'a plus urgent.

Je voudrais que tu me rendes un service. Un sacré service même. Je te préviens, c'est costaud, mais tu me dois bien ça, ça fait au moins quatre ans que tu confonds.

Je t'explique la situation : mon père a raté sa vie. Sois pas triste. C'est comme ça. Il a pas eu de chance. Et il a plus ma mère qu'aurait pas laissé faire. Tu dois savoir, comme tu sais tout, mais bon, vaut mieux te rafraîchir la mémoire : ma mère, elle est partie quand je suis née. Partie où ? Moi, je sais pas. Y'en a qui disent partie au ciel, y'en a qui disent partie dieu sait où, la méchante. Y'en a qui disent rien comme mon père et y'en a qui disent des gros mots qu'une petite fille comme moi doit pas mettre dans une lettre au Père Noël.

Bon, on a compris, le souci ne vient pas de mon père.

C'est mon frère qui me pose un problème. Il est super, mon frère. Il a qu'un seul défaut, il est très obéissant. C'est franchement bizarre, il fait tout ce que dit mon père. Si mon père dit : « Antoine, descends la poubelle ! » Hop ! Ni une ni deux, il descend les poubelles. Si mon père dit : « Antoine, laisse tomber tes devoirs, viens m'aider à ressemeler ! » Zou ! Le voilà parti au magasin. Et il aide mon père jusque tard dans la nuit. Alors que moi... je traîne toujours... j'ai toujours un truc plus important à faire que l'obéissance. J'y peux rien. C'est ma nature...

C'est quoi ton prénom au fait ? Noël ? Ou Père ? Tu peux me dire, tu sais... je me moquerai pas... je te rappelle que je m'appelle Élisabeth 2...

Bon, oh, là, là ! J'ai d'autres trucs dans ma nature. Par exemple, j'ai du bavardage. Tu as déjà dû remarquer. J'sais pas si ma mère était comme ça aussi. Je crois que oui. C'est pas ma mère qui s'appelait Élisabeth, c'était ma grand-mère, la première. Un sacré caractère, il paraît. Je veux bien croire.

Bon, je m'étends, mais faut dire que je voudrais te raconter bien, vu que je vais pas t'écrire deux fois.

Mon père, c'est un super costaud. Moi, j'adore, il a autant de muscles que j'ai de cheveux, et il nous porte mon frère et moi d'une seule main.

Il s'appelle Étienne.

Il est cordonnier.

Il a une jambe de bois.

Il dit qu'avec sa jambe de bois et ses mains habiles il aide les gens à marcher droit.

Aujourd'hui, je crois que c'est la chose qui le rend le plus heureux, faire du bon travail, prolonger la vie des chaussures. Je crois qu'il aime bien les chaussures parce qu'elles ne peuvent pas s'en aller toutes seules, c'est pas comme les gens.

Mon père, il a pas toujours été cordonnier. Comme il a pas toujours eu une jambe de bois. Avant, quand ma mère était encore là, il travaillait sur des chantiers de travaux publics. Il aidait les gens à avoir des beaux bureaux, des beaux immeubles. Et puis un jour, une poutre en fer lui est tombée sur la jambe. Et on a dû la couper. D'où le bois.

Il y avait un panneau pourtant qui disait aux ouvriers de faire attention sur la zone, le 18 février. C'était écrit en gros. Mais mon père, il a pas lu le panneau. Et il a pris la poutrelle.

Non, mon père n'est pas aveugle. Non, mon père n'est pas inconscient. Non, mon père n'est pas désobéissant comme moi. Non, mon père ne se fiche pas de la sécurité. Juste, mon père ne sait pas lire.

Du moins il sait plus. Parce qu'il a su. Et puis il a arrêté. Tu imagines, toi, si tu ne savais plus lire ? Tu pourrais plus faire ton métier de distributeur de cadeaux.

Mon père, il avouera jamais qu'il sait pas lire. Il a trop honte. Il dit qu'il voit pas bien mais c'est pas vrai. Sa technique pour abuser les gens, c'est qu'il a une paire de lunettes qu'il prétend tout le temps avoir perdue. Ça n'abuse que lui et ça n'amuse personne. C'est à moi qu'il demande de lire le courrier. Pas à mon frère.

Mon frère, je crois qu'il veut qu'il soit comme lui. Ça ne lui suffit pas de pas savoir lire. Il veut un complice. Et le problème, c'est que c'est en train de marcher. Il lui fait rater l'école en disant qu'il a besoin de sa présence au magasin. Il lui dit que la lecture, c'est un truc de fille et que c'est très mauvais, que ça donne des idées qui sont pas la réalité. Là, il a peut-être pas tort... Parce que moi... la réalité... Pouf, pouf...

Alors voilà, ce que je voudrais pour Noël, c'est que mon père apprenne, enfin réapprenne, à lire et à écrire. Parce que ça sauvera mon frère. Pour ça, il faut que mon père se rende compte que c'est très important de lire et d'écrire.

À vrai dire, je crois qu'au fond de lui il le sait. Il le sait qu'il aurait toujours sa jambe s'il avait lu le panneau. Seulement, depuis que sa vie a basculé, il s'en fout et même il se fout un peu de tout. Je crois que sa vie a basculé non pas quand il a perdu sa jambe, mais quand il a perdu sa femme. Quand on a tous perdu sa femme.

Peut-être qu'il faudrait que mon père ait un assistant pour son travail. Mais je vois pas comment, vu que déjà il dit qu'il peut à peine se payer. Il faudrait qu'il gagne au loto ou que ma mère revienne. Mais ça, j'y crois pas.

Bon, c'est ça que je te demande Père, ou Noël, ou quel que soit ton nom...

Ah oui, dernière chose, tout le monde à l'école me bassine avec l'idée que t'existes pas. Alors peut-être c'est l'occase pour toi de redorer un peu ton image. Et ceux qui pensent que tu existes, ils trouvent que t'es pas comme t'as pu être. Ils voient bien que y a moins de trucs qu'avant dans les godasses.

Bien à toi,
Salut,
Élisabeth 2.

Lorsque José le postier replia la lettre, il n'était plus mélancolique. Il n'était pas encore enthousiaste parce qu'on n'était pas encore jeudi mais on n'en était pas loin.

Il avait envie d'aider cette petite fille.

La première chose à faire était de trouver une bonne idée.

Chapitre 7

La bonne idée

Il n'y avait pas d'adresse sur l'enveloppe. Mais ce n'était pas un problème. On était dans une petite ville au milieu de nulle part… Il ne devait pas y avoir beaucoup de cordonniers… Dans le village aux couleurs de l'arc-en-ciel, sa boutique devait forcément se trouver entre le quartier rouge et le quartier violet…

S'il ne devait pas être trop difficile de localiser Étienne, ce qui allait l'être en revanche, ce serait de trouver les bons mots pour le convaincre de réapprendre à lire. José ne pouvait pas tout bonnement aller le voir et lui expliquer combien c'était important de lire. Étienne l'enverrait sur les roses. Et il aurait raison. Ce n'était pas à un facteur de faire la leçon à un cordonnier...

José était embêté.

Il décida de s'endormir. On ne réfléchit pas bien quand on est fatigué. Il prit la lettre d'Élisabeth 2 et la plaça sous son oreiller.

Le lendemain matin, José se réveilla tout excité. Quelle allait donc être l'idée que la nuit lui aurait apportée ?

— Voyons voir... Où se cache ma bonne idée ?... Je suis sûr qu'elle doit être par là...

Il pensait la trouver directement, mais elle n'était pas aux endroits où elle aurait dû logiquement se trouver : dans sa tête ou sous l'oreiller.

— Hum... Pourquoi ça n'a pas marché ?

Ça fonctionnait parfaitement, d'habitude. Quand José avait un problème, il y réfléchissait pendant la journée, et le soir, il s'endormait dessus. La nuit, pour le récompenser, lui apportait la solution.

Mais, cette fois-ci, pas la moindre idée en vue. José était désappointé. Il chercha partout dans la maison et pour finir, c'était l'heure d'aller au travail. Et il fallait être enthousiaste en plus car on était jeudi.

José était si bouleversé qu'il mélangea tout.

Il parla coiffure avec la fleuriste...

— Vos chignons sont en fleur, Georgina !

Dermatologie avec l'astrophysicienne...

— La constellation de l'eczéma est ma préférée, Aurélie !

Finances avec le coiffeur...

— Quel est le cours du brushing ce matin, Siméon ?

Fleurs avec Marie, la modeste modiste...

— Ces azalées sont vraiment bien coupées, Marie !

Mais là, cela se voyait moins... Les fleurs, comme les vêtements, peuvent être bien coupées !

Personne (à part Marie) ne comprenait rien à rien, mais comme José était enthousiaste, personne ne disait rien. C'était une drôle de journée, une drôle de tournée.

Même les lettres, José les mélangeait. Mme Zouzamiel reçut le courrier de M. Balatrèche, et Léonie Sikeut reçut celui de Jérémy Boudy-Boudy... Vous connaissez ça... Ça nous arrive de trouver dans notre pile de courrier une lettre qui ne nous est pas destinée... Eh bien, c'est toujours parce que le facteur est bouleversé par quelque chose.

Quand il rentra chez lui le soir, José était épuisé. Il fit un petit somme. Et cette fois, comme il avait montré beaucoup de bonne volonté pour trouver son idée, à son réveil il fut récompensé.

La bonne idée se planquait dans le placard à chaussures ! Si ça se trouvait, elle était là depuis le début !

Le brave homme était à quatre pattes, regardant si son idée ne se cachait pas sous un meuble ou dans un coin, quand soudain, alors qu'il venait d'ouvrir le grand placard, il se trouva nez à nez avec une basket. Il la prit. Il l'examina. Il l'étudia sous toutes ses coutures. Et alors il sut. Il sut quoi ? Il sut qu'il ne savait rien. Il ne savait rien, rien de rien sur les chaussures. Bien sûr, il savait que certaines étaient faites en cuir, et d'autres en toile ou en plastique. Mais c'était à peu près tout. C'était peu.

Il allait avoir affaire à un cordonnier. Un homme qui était fier d'aider les gens à marcher droit, un homme qui devait s'y connaître énormément en la matière. Et lui n'avait absolument aucune conversation dans ce domaine.

La première chose à faire était de se renseigner sur le sujet. Ouf, quel soulagement ! Il avait trouvé son idée. Il pouvait commencer par exemple par se connecter à Internet pour récolter le maximum d'informations sur les chaussures. C'est ce qu'il fit. Il trouva ainsi rapidement deux articles très intéressants. Le premier parlait des techniques de fabrication. Le second concernait les techniques de réparation.

José les lut et les relut jusqu'à les savoir par cœur. C'était la première étape.

Le lendemain était un vendredi. Le vendredi était entreprenant. C'était le jour idéal pour agir.

Chapitre 8

La bagarre

Pendant ce temps, chez Élisabeth 2, la situation ne s'était pas arrangée... Étienne était un très bon cordonnier, alors sa clientèle ne faisait qu'augmenter. Il avait toujours plus de travail, et comptait toujours plus sur son fils aîné pour l'aider. Antoine passait de moins en moins de temps à l'école.

Voilà comment, ce vendredi, il finit même par ne plus y aller du tout.

Antoine était devenu fort, fort comme son père. Et il avait désormais beaucoup de mal à ne pas répondre par les poings aux moqueries de ses camarades. En plus, il devenait susceptible parce qu'il avait honte de désapprendre tandis que ses copains apprenaient.

La bagarre se passa l'après-midi. Il sortait de l'école et passait près d'un groupe de garçons et de filles qu'il connaissait bien, quand Chloé l'appela. Chloé était une fille qu'il aimait un peu beaucoup... Comme il ne répondait pas, elle insista.

— Antoine !

Antoine se retourna, et l'un des garçons lança d'une voix de tragédien :

— Antoine, viens rejoindre ta Chloépâtre qui t'aime d'amour !

Antoine se retourna, furieux contre le garçon, et vit que tout le monde le regardait. En effet, il avait fait volte-face si rapidement que cela avait surpris le petit groupe.

Persuadé qu'on se moquait de lui, il fonça sur le garçon sans réfléchir... Et boum ! Bing ! Bang ! Vlan ! Paf ! Ouille ! Aïe ! Une belle bagarre commença.

Tout le monde s'employa à séparer les deux garçons.

À vrai dire, c'était une simple plaisanterie, et il n'y avait pas de raison de se battre... Mais Antoine était devenu si nerveux qu'il avait perdu le sens de l'humour. C'est une chose qui arrive quand on perd les mots, qu'on perde les idées aussi...

Antoine s'enfuit dès que la bagarre fut finie, et Chloé le suivit. Tout en courant derrière lui, elle cria à son attention :

— Pourquoi tu t'es énervé ? Il n'y avait rien de méchant ! Antoine et Cléopâtre, c'est le texte qu'on est en train d'étudier en français... Tu le saurais si tu venais en cours... Pourquoi tu viens plus à l'école, Antoine ? Pourquoi ?

Antoine n'était pas bête, il comprit qu'il venait de s'emporter pour rien... Alors il eut encore plus honte et décida de ne plus jamais remettre les pieds à l'école.

Chapitre 9

L'invention de Marie

Ce vendredi, la tournée de José commençait par une visite à Marie. Tout en pédalant sur son vélo bleu, José réfléchissait. Il savait qu'il avait fait le plein de connaissances sur le sujet qui passionnait les cordonniers : les chaussures. Mais il savait aussi que ce ne serait pas suffisant : il lui fallait encore trouver le moyen d'établir le contact avec Étienne. Il ne pouvait pas débarquer chez lui comme ça... Il n'était même pas son facteur.

Il avait plusieurs lettres à donner à Marie. La jolie modiste ouvrit devant lui une petite enveloppe et sauta de joie. Le banquier lui accordait le prêt dont elle avait besoin pour lancer sa nouvelle invention : un matériau innovant qui remplacerait avantageusement le cuir.

José se réjouit avec elle de cette bonne nouvelle. Et lui demanda des précisions sur son invention. Marie lui expliqua que c'était une collaboration avec Aurélie, sa voisine astrophysicienne. Et qu'elle s'était inspirée de la composition d'un météore tombé du ciel. Ce nouveau matériau pourrait notamment être très utile dans la fabrication des blousons, des manteaux et des sacs.

— Et des chaussures aussi ? demanda José.

— Oui, bien sûr, tout ce qui est en cuir, répondit Marie en souriant. C'est un matériau inusable. Il ne nécessite pas beaucoup d'entretien et ressemble à s'y méprendre au cuir.

— Alors, les cordonniers n'auront plus de travail ? s'inquiéta José.

— Oh si ! Mais un travail différent. Je vais leur fournir la documentation qui va avec les chaussures pour qu'ils sachent comment en prendre soin.

Et elle sortit d'un placard un énorme livre d'au moins deux mille pages.

— Quoi ? Ils vont devoir lire tout ça ?

— Eh bien non… J'ai aussi la version courte !

Et elle sortit alors un manuel d'au moins neuf cents pages.

Oh, là, là… José songea tout de suite à Étienne. Le cordonnier avait beaucoup de souci à se faire. Il ne pourrait jamais lire un si gros livre. José comprit qu'Étienne était en danger à cause de cette innovation… Comment ferait-il pour réparer les nouvelles chaussures s'il ne pouvait même pas lire les instructions dans le manuel ?

Ce serait un gros problème pour Étienne. Mais c'était peut-être une solution pour José, qui vit là le moyen de passer à l'action…

Le lendemain était un samedi. Le samedi était le jour pour être gourmand. Aussi, José décida qu'après avoir préparé quelque chose de bon (un kouglof à la fraise par exemple, brioche calme et alsacienne, ou un Rachmaninov au romarin, gâteau russe, sincère et tourmenté), il irait rendre visite à Étienne.

Le jour était venu de le décider à se remettre à la lecture.

Chapitre 10

La visite de José à Étienne

Le vendredi soir, dans la cordonnerie, il y avait un jeune garçon qui avait un chagrin bien trop grand pour la petite échoppe dans laquelle il se trouvait. C'était Antoine, déchiré entre la volonté de ne pas contrarier son père et la peine qu'il éprouvait parce qu'il ne pouvait plus aller à l'école.

Étienne remarqua que son fils avait l'air malheureux : il le poussa à aller s'amuser avec ses copains après le travail. Il lui donna même un peu de sous.

— Allez va ! Va t'amuser ! Tu l'as bien mérité ! lui dit-il.

Élisabeth regarda le manège en secouant la tête. Elle voyait bien que son père essayait de se racheter. Mais elle savait aussi que son frère n'avait plus de copains. Tout le monde avait parlé de la stupide bagarre à l'école.

Pourtant Antoine obéit à son père et même, il fit semblant d'avoir envie d'aller se distraire.

Il sortit, mais au lieu de chercher à se divertir, il alla jeter des cailloux dans la rivière. C'était ce qu'il avait l'habitude de faire lorsque la vie lui semblait lourde et désespérante. Il prenait des galets, des petits, des gros, des moyens, des lisses, des boursouflés, des ronds, des ovales, des tout tordus, des striés ou des uniformes. Et il les jetait. Il espérait peut-être que chaque galet jeté allégerait un peu le poids qu'il avait sur le cœur.

Élisabeth le suivit et tenta de le secouer. Elle essaya notamment de lui apprendre à désobéir mais même ça, il ne voulut pas l'apprendre.

— Tu fais comme ça, regarde, quand papa te demande d'aller au magasin... Tu fais semblant de ne pas avoir entendu...

Élisabeth imita la voix de son père :

— Antoine, descends tout de suite, j'ai besoin de toi !!

Puis elle prit un air innocent pour s'adresser à son frère :

— Alors là, tu penses très fort à quelque chose d'agréable qui a lieu à l'école : la table de cinq qui est facile ou une conjugaison appropriée : (je désobéis, tu désobéis, il désobéit) ou alors tu penses à une copine que tu aimerais bien rejoindre à la récré. Et... tu y vas !!!! Tu mets ton cartable sur le dos et tu cours !!! Tu oublies que tu as entendu papa !! C'est facile, je te jure !!

Antoine n'eut malheureusement pas l'air de trouver ça facile... Élisabeth le laissa tranquille.

Antoine ne voulait pas rentrer avec elle. Il avait encore un gros tas de galets à jeter dans l'eau.

Sur le chemin du retour, la petite fille pensait : « Pourtant c'est rigolo de désobéir... Même si on se fait un peu gronder... » Élisabeth avait l'habitude de se faire gronder. Mais pour rien au monde elle n'aurait renoncé à faire des bêtises. C'était sa façon de dire : *Je ne suis pas d'accord avec ce qui se passe*. Et d'ailleurs, elle faisait beaucoup de bruit pour qu'on les remarque, ses bêtises. La vérité, c'était qu'elle avait très hâte de ne plus avoir besoin d'en faire, ce qui serait possible quand son frère serait revenu à l'école.

Le lendemain, elle passa l'essentiel de sa journée à lire dans son arbre creux. Elle y fit même une petite sieste... Et quand elle se réveilla, il était tard, il faisait presque nuit... Elle courut jusqu'à la cordonnerie.

À l'intérieur du magasin, il y avait un homme qui parlait avec son père. Ou plus exactement un homme qui parlait à son père, qui se taisait comme toujours.

Cet homme, c'était José.

Élisabeth se cacha pour écouter.

L'homme se donnait du mal pour nourrir la conversation. Il utilisait un vocabulaire bien extravagant pour parler de chaussures.

Il disait : *piquage, rainures, couche d'enduction, contrecollé, confort biomécanique, brosse à trépointe, injecté, vulcanisé*... Élisabeth ouvrait de grands yeux... Elle ne savait pas que le métier de son père était si savant.

Étienne, lui, regardait d'un œil méfiant cet inconnu bavard qui lui apportait des chaussures n'ayant visiblement jamais vu la main d'un cordonnier tant leur état était pitoyable.

À la fin, José dit à Étienne :

— Eh bien, je dois maintenant vous quitter... J'ai beaucoup aimé parler chaussures avec vous...

Alors qu'il allait sortir, Étienne prit la parole pour la première fois. Il regarda pour cela José bien en face :

— Ce n’est pas ce que j’appelle parler chaussures, monsieur… Vous avez beaucoup de savoir savant, c’est vrai…

Et comme José allait riposter, Étienne le devança :

— Oh, moi je n’ai pas tout votre vocabulaire, monsieur… Et je ne souhaite pas savoir tant de choses. Ça se voit comme le nez au milieu de la figure que vous n’avez jamais vraiment regardé une chaussure… Tout ce que vous dites, c’est rien que des phrases que vous avez apprises dans les livres… Moi, en voyant les chaussures, je ne vois pas l’usine qui les a fabriquées… Je ne vois pas la machine qui a cousu… Je vois la personne qui les porte. Je vois son humeur. Je vois son énergie… (Il montra une chaussure à talon.) Je vois que cette femme est fatiguée parce qu’elle court toute la journée… Je vois que celle-ci porte un enfant… (Il montrait une autre chaussure à petit talon.) Que cet homme a de l’arthrite et traîne le poids des ans, et que celui-ci a l’habitude de porter ses enfants sur ses épaules… En réparant leurs chaussures, je répare aussi leurs fatigues et leurs découragements. C'est quelque chose qu'on peut faire facilement avec les chaussures et plus difficilement avec les gens.

José était époustouflé. Il n'avait jamais pensé à cela. Il regardait ses propres chaussures et il comprenait très bien tout ce que venait de lui dire Étienne.

Il était venu pour aider Étienne et, en attendant, c'est lui qui venait de recevoir une leçon.

Il ne perdit toutefois pas son objectif de vue.

— Mais si je vous disais qu'une nouvelle chaussure vient d'être inventée et que vous allez devoir tout réapprendre...

— Je ne parle plus chaussures pour aujourd'hui, monsieur. Les vôtres seront prêtes pour samedi prochain. Au revoir, monsieur le facteur.

— Comment savez-vous que je suis facteur ?

— À vos chaussures, monsieur. Vous voyez, là, on voit bien le frottement des pédales d'un vélo. Ce sont les chaussures de quelqu'un qui passe beaucoup de temps sur une bicyclette... Or ce ne sont pas des chaussures de cycliste, et vous n'avez pas le physique d'un grand sportif... Qui passe beaucoup de temps à vélo avec des chaussures de ville ? Un facteur, par exemple...

José sortit penaud en se touchant le ventre qu'il avait, il est vrai, un peu rond.

Quand il fut dehors, il croisa une petite fille qui entra en courant dans la boutique.

— Bonsoir, papa, dit-elle.

— Où étais-tu passée, satanée petite fille ? répondit son père.

José sursauta, il avait reconnu la voix entendue dans la lettre d'Élisabeth 2 !

Il la regarda entrer dans l'échoppe. Et fugitivement, sentit que quelque chose le pinçait dans une région de son cœur. À l'endroit où l'on regrette parfois de ne pas avoir encore fondé de famille. C'est une région où vit beaucoup de monde. Les enfants que l'on n'a pas eus, les amours que l'on n'a pas vécus, les amis que l'on n'a pas connus, les parents que l'on a perdus.

Alors, parfois, tout ce monde-là se bouscule, et ça pince un peu.

José rentra chez lui… Et malgré le fait que le samedi était gourmand et qu'il avait préparé quelque chose de bon le matin même, il ne mangea rien. Le kouglof ne lui faisait pas envie, et il était beaucoup trop sensible pour supporter un Rachmaninov. À la place, il rumina sans arriver à se poser sur l'oreiller du silence.

Il rumina, rumina, quelque chose montait, montait, et à minuit cinq, ça y est ! Ce quelque chose explosa. Il piqua une de ces crises ! C'était normal, on était dimanche, le jour des colères. Juste après, José s'endormit, exténué.

Après la colère viennent toujours l'apaisement et la réflexion.

Quand José se réveilla, il était d'humeur combative. Il ne voulait pas se laisser faire, ah ça, non !

Pour commencer, il allait demander à Marie de lui prêter main-forte.

Chapitre 11

Marie rencontre Étienne

Le lundi, après l'école, Élisabeth vit arriver José. Cette fois, il était accompagné d'une femme. Élisabeth la dévisagea, mi-intriguée, mi-suspicieuse. La petite fille avait attrapé de son père une méfiance naturelle envers la gent féminine. Mais elle dut reconnaître que celle-ci avait l'air gentille et n'était pas trop désagréable à regarder avec notamment une figure aimable et un chapeau merveilleux, ce genre de chapeau qui raconte une histoire.

En passant, José dit à Élisabeth :

— Cache-toi, Élisabeth 2 ! Ton père ne doit pas te voir. Il va t'appeler, ne te montre pas.

Élisabeth hocha la tête, étonnée. Comment ce monsieur connaissait-il son nom ? En tout cas, se cacher ne lui posait aucun problème. Voilà quelque chose qu'elle savait très bien faire. Elle fila dans un petit recoin d'où elle avait une vue parfaite sur l'intérieur de la boutique et pouvait voir sans être vue.

Marie, la modeste modiste, entra dans la minuscule cordonnerie.

Marie, quand elle entrait quelque part, c'était la lumière qui entrait avec elle. Dans l'échoppe, Étienne fut tout ébloui.

Depuis sa cachette, Élisabeth n'en revenait pas. Son père se métamorphosait sous ses yeux... De bourru, il devint affable puis accueillant, et

A la Bonne Chaussure

même un petit peu charmant. Pendant ce temps, le rouge lui montait au visage, bientôt jusqu'aux oreilles.

Marie lui tendit une paire de chaussures. Son prototype. Elle lui dit qu'elle venait d'inventer ce produit et qu'elle avait besoin de conseils pour parler à tous les cordonniers de son invention. Elle lui demanda son aide si gentiment qu'Étienne ne sut pas être autrement que doux comme un agneau. Elle lui expliqua les avantages de cette nouveauté, et Étienne vit que c'était une bonne chose. Elle lui dit :

— M'aideriez-vous à mettre au point une notice d'entretien à l'usage des cordonniers ? Je suis un peu bavarde et du coup, je crains d'être trop entrée dans les détails...

Elle sortit l'énorme mode d'emploi, et Étienne manqua tomber dans les pommes. Mais Marie lui sourit de manière si charmante...

— Vous pourriez y jeter un coup d'œil ?

— Euh... Je... je ne sais pas où j'ai mis mes lunettes...

Il appela Élisabeth...

— Lisa ? Élisabeth ? Élisabeth 2 !!

Élisabeth ne répondit pas, suivant les instructions de José.

Il appela alors Antoine... et lui demanda de lire.

Antoine essaya mais n'y parvint qu'avec de grandes difficultés. Pour lire toute la notice il lui faudrait des mois ! Il était mortifié. Le peu qu'il savait, il l'avait déjà presque oublié.

Marie ne voulait pas les mettre mal à l'aise.

Elle dit qu'elle reviendrait dans une semaine pour leur laisser le temps de lire.

— Je dois vous laisser... Je sais que c'est beaucoup demander... seulement... si vous pouviez lire ce manuel... cela me rendrait un fier service...

— Nous lirons, nous lirons... s'entendit répondre Étienne à Marie sous les yeux effarés de son fils et ceux, incrédules, d'Élisabeth qui suivait toujours l'histoire depuis sa cachette.

Dès que Marie sortit, Élisabeth se glissa discrètement derrière elle et la suivit jusque dans son petit magasin du quartier bleu. Elle resta à regarder travailler Marie à travers la vitrine pendant un long moment. Élisabeth était fascinée. Les mains de Marie voletaient si rapidement que la petite fille n'avait pas le temps de distinguer ce qu'elles prenaient, cousaient, piquaient, collaient. Au bout d'une heure, un autre chapeau merveilleux avait surgi. Celui-là aussi était du genre à raconter une histoire. Il était très beau et assez original, Marie y avait installé tout plein de petites chaussures... Elle l'essaya. Élisabeth eut la sensation que quelqu'un marchait sur la tête de la jeune femme. Seulement quelque chose ne collait pas... Le chapeau semblait beaucoup trop petit pour elle. D'ailleurs la modiste l'ôta de sa tête, se retourna vers la vitrine et sourit à Élisabeth. Celle-ci, qui croyait encore voir sans être vue, se sentit soudain terriblement intimidée et très mal à l'aise malgré le gentil sourire de Marie. Alors, quand la modiste s'approcha en lui tendant le chapeau, elle décampa.

Le soir, Étienne et Antoine se disputèrent. Élisabeth était ravie de cette discorde ! Cela faisait si longtemps que le ton n'était pas monté dans cette maison ! Comment cela aurait-il pu se faire ? Antoine obéissait toujours ! Ce soir-là, Étienne fut particulièrement injuste avec Antoine. Il lui reprocha de ne plus savoir lire ! Antoine, pour la première fois, se rebella. Élisabeth sautait de joie !! Enfin !! Quelque chose était en train de se produire ! Enthousiaste, elle leur prépara un bon repas. Qu'elle seule mangea avec appétit, le père et le fils ronchonnant chacun dans son coin.

Chapitre 12

Congé pour cause de grosse colère

Le lendemain Élisabeth s'enfuit avant que son père ait pu lui demander de lui lire le gros livre.

À l'ouverture du magasin, les clients commencèrent à apporter les nouvelles chaussures.

Étienne les saccagea les unes après les autres. Il ne comprenait pas ce nouveau matériau. Il devenait fou !

Le samedi suivant, José revint sous le prétexte de chercher ses chaussures.

Il trouva un Étienne démoralisé.

Il avait mal fait son travail pour la première fois de sa vie.

José lui dit :

— Au lieu d'être triste, pourquoi ne vous mettez-vous pas en colère ?

— À quoi ça sert d'être en colère ?

— Une bonne colère, c'est magnifique ! Comme une douche bien fraîche quand on a très chaud... Vous avez bien le droit de vous mettre en colère après tout ce qui vous est arrivé. Vous n'avez pas eu de chance.

Étienne ne répondit plus. Il regarda José fixement, l'air de dire : « De quoi vous vous mêlez ? Qu'est-ce que vous connaissez de ma vie ? » José n'en menait pas large. Il était inquiet. Le cordonnier allait-il se mettre en colère contre lui ?

C'est à ce moment-là qu'Élisabeth entra en courant, comme à son habitude. José et Étienne

la regardèrent avec des yeux ronds. Et pour cause, elle portait un chapeau invraisemblable. Tout plein de petites chaussures.

Étienne considéra sa fille un moment puis se tourna vers le facteur. Il venait de décider d'accepter cette main qui se tendait. Il répondit sincèrement :

— Si je me mets en colère, avec toute cette colère que j'ai, j'en aurai au moins pour une semaine. Qui va s'occuper de mes enfants pendant tout ce temps ?

Élisabeth sortit de la boutique et revint en tenant Marie par la main.

Étienne comprit le message. Il pouvait être têtu comme une bourrique, mais il était aussi un homme sage. Il avait su reconnaître que le moment était venu de changer.

Marie ajouta :

— Vous me rendriez service, je m'ennuie beaucoup, je n'en peux plus d'inventer tout et n'importe quoi.

Élisabeth confirma :

— Je l'ai vue faire, elle invente vraiment n'importe quoi.

Tout le monde sourit.

— Antoine, appela Étienne, tu peux refaire ton cartable, mon garçon.

Il laissa Marie partir avec les deux enfants.

Marie les accompagna à l'école tous les matins. Soudain, elle ne s'ennuyait plus. Les enfants l'aimaient beaucoup, Élisabeth ne faisait pas la forte tête, et Antoine ne ratait plus l'école.

Élisabeth mit un panneau devant la porte de la cordonnerie. Elle écrivit avec de belles lettres : *Congé pour cause de grosse colère.*

Pendant ce temps, Étienne était parti dans le désert qui n'était pas loin. Là-bas, il sortit du fin fond de lui-même toutes ses colères. Il y en avait plein. Ses colères étaient contre le Ciel qui laisse les bons ouvriers perdre leurs jambes, contre les pieds des femmes qui s'éloignent et ne reviennent pas, et pour finir la plus grosse colère de toutes, la colère contre lui-même.

Quand il revint... il était apaisé. Il entra dans la boutique et aperçut sur le comptoir l'épais manuel de Marie sur les nouvelles chaussures. Il ouvrit le livre... Et essaya de lire... de toutes ses forces... Alors Marie entra... Et tout doucement, elle lui prit la main et la guida sur les mots...

Chapitre 13

Quelque temps plus tard…

José rentrait chez lui après sa tournée, c'était un mardi, un mardi tout doux, comme tous les mardis. Il fit ce qu'il avait à faire à la maison. Et puis il s'attabla pour lire son courrier, comme toujours le courrier de personne, le courrier de la Grande Poubelle Bleue.

Il y avait de plus en plus de lettres dans la Grande Poubelle Bleue. Et ce qui était drôle, c'est que la plupart de ces lettres étaient destinées au Père Noël. Comme si la nouvelle s'était ébruitée qu'un Père Noël réalisait les vœux déposés dans la Grande Poubelle Bleue.

Au milieu de toutes les enveloppes, il y en eut une qui attira tout de suite l'attention de José. Il reconnut immédiatement l'écriture. En effet, dès qu'il eut ouvert la lettre, la voix résonna.

Cher Père Noël !

J'aurais jamais cru ça de toi ! Tu as tout compris et tout bien fait comme je t'avais dit. Je te félicite. Au début j'ai cru que tu allais te planter, et puis tu as très bien réagi. Bravo.

Bon, je sais pas trop dire merci vu que c'est pas un mot que j'ai souvent l'occasion d'employer pour te dire la vérité... Mais pour une fois, je dois le dire : merci à toi et même chapeau ! Faut reconnaître que tu t'en es vachement bien tiré.

Marie est tout le temps chez nous, maintenant, et mon père, il se met même à sourire, je te jure. Même que ça lui fait une bouche super bizarre ! Pire que ça : hier, j'ai encore fait une bêtise et ça l'a fait rigoler. Tu imagines ça, toi ?

Antoine ne rate plus l'école et, ni une ni deux, il a recommencé à lire. Il a super vite réappris avec l'aide de Marie. Il me bassine même pour que je fasse bien mes devoirs ! Je te jure, du jamais vu !

Bref, Père Noël, pour te remercier, je ne vois qu'une chose, c'est de te donner du travail. Alors pour Noël, du coup, je voudrais bien un skate s'il te plaît, mais un beau, hein ? Un neuf, un rutilant, un qui clouera le bec de Mathias, le garçon de mon école qu'arrête pas de passer devant moi en faisant le kéké. T'es OK ?

Allez je t'embrasse, malgré ta moustache.

Salut Père Noël,

Élisabeth 2.

José sourit. Il se sentait gai. « Tiens, se dit-il, voilà que je suis gai un mardi maintenant ! On dirait qu'il y a des changements dans ma petite routine en ce moment... »

Puis il posa la tête sur l'oreiller du silence et s'endormit le cœur content.

TABLE DES MATIÈRES

Castor Poche

Des romans pour les grands

TITRES DÉJÀ PARUS

Castor Poche

Le coupeur de mots

HANS JOACHIM SCHÄDLICH

« Je m'appelle Filolog, dit l'homme à Paul d'une voix grondante, craquante et croassante. Je me charge de tous tes devoirs pendant une semaine si tu me donnes toutes tes prépositions et... disons, tes articles définis. »

Paul s'empresse d'accepter la proposition de ce drôle de bonhomme. Et peu importe le curieux langage qu'il adopte alors et qui fait rire toute la classe... excepté le maître. La semaine écoulée, il n'a qu'une envie : que Filolog continue à faire ses devoirs à sa place. Cette fois, l'homme exige ses formes verbales en échange... Jusqu'où Paul va-t-il aller avant de comprendre l'utilité de la grammaire ?

Castor Poche

L'élan bleu

DANIEL PINKWATER

« Dans le journal, il y eut un article sur l'élan bleu de M. Breton, si courtois avec les clients du restaurant, si habile à faire le service et si précieux en cuisine. En ville, il n'était plus question que de lui. »

Depuis qu'un élan bleu a débarqué dans le restaurant de M. Breton pour lui proposer son aide, celui-ci ne sait plus où donner de la tête : les clients viennent en hordes voir le spectacle... et se régaler de sa fameuse soupe aux chipirons ! M. Breton est ravi... jusqu'au jour où l'élan bleu déniche une vieille machine à écrire et décide de rédiger ses mémoires.
Qu'a-t-il donc de si extraordinaire à raconter ?

Castor Poche

Une grand-mère d'occasion

CHRISTINE ARBOGAST

« Pour la centième fois peut-être, Nicolas s'interrogea : à quoi allait ressembler la grand-mère ? Il avait examiné toutes les personnes âgées dans la rue. Qu'elles étaient laides, la plupart de ces vieilles ! Ridées, tordues... »

Catastrophe ! Les parents de Nicolas décident d'accueillir une vieille dame, et l'installent dans la salle de jeux ! Mais Madame Ushuari n'est pas une mamie comme les autres : elle sait marcher sur les mains, dresser les serpents, et boire de drôles de tisanes. En plus, elle a une amie qui s'appelle Marie-Antoinette et qui est... une chauve-souris. Quelle révolution à la maison !

Castor Poche

Imprimé à Barcelone par:

CPi
BLACK PRINT

Composé par Nord Compo Multimédia
7, rue de Fives, 59650 Villeneuve-d'Ascq

Dépôt légal : mars 2014
N° d'édition : L.01EJEN000988.N001
Loi n° 49-956 du 16 juillet 1949
sur les publications destinées à la jeunesse